D1407591

月亮上的早餐

王早早 文
青琉璃 图

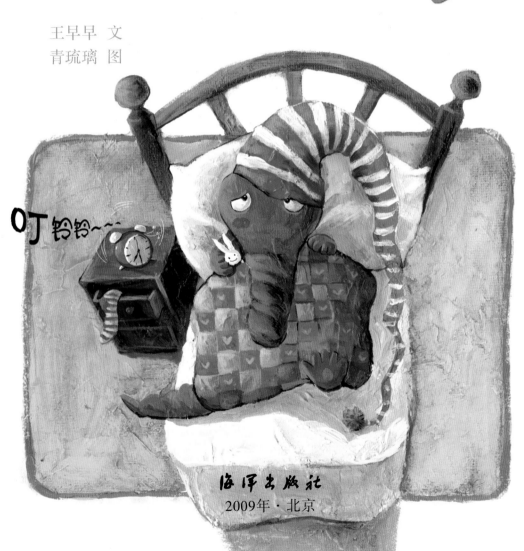

叮铃铃~~~

海洋出版社
2009年 · 北京

做一个特别的"你"

近几年，中国渐渐出现了图画书热。图画书，又叫图画故事书，在西方，是幼儿文学的代名词，也就是说，幼儿文学一经成为出版形式，往往就是图画书。

图画书是孩子们的恩物。在幼儿心智成长的过程中，图画书的阅读不仅给幼儿带来精神上的愉悦，而且发挥着发展儿童语言、思维、情感以及想象力的重要作用。

这套"你是特别的"系列图画书（五种），是一套增强孩子自信、给孩子力量的丛书。文图作者深知，在生活中，幼儿也是极力主张自我，想确认自己存在的必要性和重要性的，而自我的确立，需要建构一种不同于他者的个性。在这五种图画书中，我真切地看到了作者们想帮助幼儿实现对自我的认同的努力。

这些图画书里的故事看似浅显，其实蕴含着丰富的心理信息。比如，《魔法师飞飞狐》巧妙设置的那顶"破草帽"就是颇有寓意的艺术符号。飞飞狐"头上总是戴着一顶破草帽，这让大家都觉得很奇怪"。他一心要做一个最厉害的变形魔法师，但是却难以如愿。有一天，飞飞狐的破草帽不见了，他冒着雷雨四处寻找，结果发现破草帽被鸟妈妈做了鸟巢孵小宝宝。尽管那顶草帽寄托着对爸爸的怀念，飞飞狐还是含泪将它送给了鸟妈妈。就在鸟宝宝能够展翅飞翔之际，奇迹发生了，飞飞狐终于把小野猪变成了一只真正的羊，他的愿望实现了。飞飞狐的破草帽是独一无二的，是他的自我的象征。然而，他真正获得"破

草帽"（自我），却是在舍弃它之后。因为舍弃，他获得了爱，获得了最值得认同的自我，实现了真正的成长。

　　这套丛书里的作品故事都具有想象力，有着揭示主题的不同的艺术方法，绘画也颇具特色，是亲子共读的良好资源。

朱自强
（中国海洋大学儿童文学研究所所长、博士生导师）

又是一个美丽的早晨，鳄鱼乌啦啦推开窗户。

瞧，他的树屋够酷吧！

"丑八怪！"小瓢虫喊，"我妈妈让我去买果酱，可是桥断了。我飞不过去，你能帮我造一艘小船吗？"

听见一个小瓢虫叫他丑八怪，乌啦啦有点郁闷了。

郁闷的乌啦啦拿起工具，

"噼里啪啦"造了一艘核桃船。

小瓢虫划着核桃船过河，心里想：

"这个鳄鱼，好像也不那么丑哦！"

"丑八怪！"河狸喊，
"看，我的苹果都熟透了。我忙不过来，
你能帮我造一架机器吗？"

就连大板牙河狸也叫他丑八怪，
乌啦啦有点伤心了。

伤心的乌啦啦拿起工具，"噼里啪啦"造了一架苹果采摘机。

大板牙河狸开着机器摘苹果，心里想："这个鳄鱼，好像也不那么丑！"

"丑八怪!"骄傲兔说,"森林里有个不会笑的小王子,你能帮我造一个玩具逗他笑吗?"

就连兔兔也叫他丑八怪,乌啦啦伤心极了,眼泪大滴大滴流出来。

流着眼泪的乌啦啦拿起工具，"噼里啪啦"造了一个蛤蟆钟。

骄傲兔拿着蛤蟆钟来见小王子。

要报时了，只见——

蛤蟆忽然张大嘴巴，从嘴里翻出一把大榔头，狠狠地敲在自己的
大脚指上，蛤蟆痛得大叫："嗷嗷！呱呱！"

小王子开心地大笑起来，笑了很长时间！

骄傲兔偷偷想："这个鳄鱼，好像也不那么丑！"

这天，可恶的獠牙怪又捉走了村里的绵羊。

乌啦啦知道后，便决定发明一种武器，来阻止坏巨兽。

他"噼里啪啦"造出了炸弹糖、眩晕桥、翻兜大碗和鳄鱼大口！

捡起炸弹糖

放入口中

獠牙怪又来捣乱了，瞧他的下场！

砰！　　　　转呀转

倒下辣椒酱

被捉住

骄傲兔望着操作鳄鱼大口的乌啦啦，

想："他好酷哦！"

19

晚上，大家一起
去散步。

骄傲兔说："看，月亮！多么像一片诱人的橙子！
如果坐在上面吃面包，是不是也会带着淡淡的橙子
味儿呢？"

小瓢虫和乌啦啦听到这里，忍不住口水直流。

夜里，乌啦啦望着月亮失眠了。小瓢虫说：
"你这个天才发明家，为什么不把梦想变成现实呢？"

乌啦啦决定要发明一架飞船，然后带着骄傲兔和小瓢虫
去月亮上吃面包！

乌啦啦试着用各种方法制造飞船……

啪

23

一天傍晚，他终于对自己失去了信心。

"看来，我不但丑陋，而且很笨哦。"

小瓢虫说："别泄气！天上只有一
个月亮，地上只有一个乌啦啦。
乌啦啦，**你是特别的！**
你是最棒的天才发明家，
我们相信你！"

这天夜里，乌啦啦、小瓢虫和骄傲兔一起出去玩。

萤火虫游船在水里向前移动，轻盈得没有一丁点儿声响，就像飞起来一样……真是美极了。

忽然，乌啦啦有了灵感！

月亮上的早餐，
到底是什么味儿呢？